歌集

鬼剣舞の里

熊谷郁子

砂子屋書房

＊目次

第一部　被災地

第三部　椴松

装本・倉本　修

歌集

鬼剣舞の里

第一部　被災地

（二〇一二年一月〜一三年一二月）

蒲の穂（ボランティア）

蒲の穂の穂綿となりし四、五本が瓦礫の中に揺れあいており

ゴム長の靴の底にて遊ぶ足集中力の途切れたりしか

中休み冷ゆるタオルを受けとりて熱き息吐く口をおおいぬ

車とは見えぬ形に変わりたる物体の散らばる海辺の地平

深ぶかと頭を下ぐる一人おりボランティア終えて帰れる道に

街路樹のかつらの落ち葉足もとを転げまわりて香り立つなり

山猫軒

榛の枝重なり合える道なかば山猫軒に落葉うずまく

被災地にローマ法王の呼びかけし「雨ニモ負ケズ」をガラス越しに読む

記念館を出でて草原に見つけたる四ツ葉のクローバー五ツ葉のクローバー

園児らは老いの集いに訪ねきてよわい九十歳を計りかねてる

紙コプター飛ばすはわれが上手《うわて》なり園児の期待のまなこ集まる

膝がしら冬の日ざしに温もりぬＴＰＰ・ＦＴＡなど無縁の話

万年青《おもと》の実深きみどりを日にさらし冬に向かわん身がまえもなく

冬の道

み仏の変わらぬ笑みにおそれ入る願い事みな包み込まるる

大丈夫をくり返し言う孫の手は丸き焼き芋ぽっくりと割る

広告は見るだけのもの「空の旅世界一周」の深き青空

「やまびこ」の車窓に映る満月の後ずさりして北上《きたかみ》に入る

地下道に反響させつつ靴音のわれに追いつき追い越して行く

電柱の影ながながと横たわる田の畔道に会う人もなく

雪　雲

西空に土手を築きし雪雲の広がる早し急ぎ帰宅す

われにわが捨てられしごと転びたる氷面まぶしくふり返り見る

痛めたる右腕胸にままならぬ雨だれの音聞きつつ眠らん

骨折し欲をそがれし一人居の一日終りぬテレビの音止む

不自由を日常としてありし兄車椅子いつも前へまえへと

「いいよ」と言う色よき夫の返事あり買物に行く仕度はじむる

明け方を身起こしおれば猫もまた身を起こしつつわれを見ており

岩《いわ》　鷲《わし》

ひそやかに梅開きたり障害の子を育みし母の影ふむ

苦労話かたらぬ母の背筋なり木蓮は莟《つぼみ》の殻をぬぎつつ

十日程あと十日程と実直な従姉のかぞうる辛夷の咲く日

百年の樹齢とならんか椴松《とどまつ》にからまりて伸ぶるのうぜんかずら

岩手の名の語源となりし岩鷲の翼広ぐる雪形の見ゆ

白雪の岩手山より岩鷲の飛び立たんとする春となりたり

忘れな草

路沿いの右に左に転がれり津波の力によじれたる線路

家族五人住みたる官舎は土台のみ残りてかつての面影もなし

道に沿い忘れな草の咲きそめて事故死せる者帰るを知らず

転々と居場所の変わりし福島の友はセシウムの数値を言わず

告げ口の口すぼめさす風吹けり忘れな草は足もとに生う

七色の仙台駄菓子の飴の味黄粉の香りに思い出のわく

米どころ

米どころ登米《とよま》のあたり風そよぐ青田のはては霞みておりぬ

大杯のごとき器の蓋をおくめご姫御膳は餅づくしなり

ひとつまみ金粉のりたる胡麻の餅おそれげもなく口に押しこむ

くるみ餅、胡麻餅、鶏餅、あんこ餅味わいつくす大根おろしに

出稼ぎは機織《はた》仕事わが祖母の過ごしし登米の十字路渡る

さまざまな苔

さまざまな苔を這わせて樹も岩も人ら行く交う道に動かず

茂りあう木々の合間に雲白し啄木鳥の音遠く近くに

知らぬまに出でたる夫帰り来ぬ謡の稽古に声みがかれて

若者もホームに立ちてメールせり乗り遅れしはわれのみならず

人生のほろ苦さとの占いの記事思い出すホームのベンチ

産直で買うたる漬茄子やわらかし朝取りの味歯にしみ入りぬ

傘

新宿の駅は人ごみ「家庭クラブ」の場所知る人と出合いし縁

足早に行く人われを振り返り訪ねた道を指差し示す

ばたばたと街路樹たたくゲリラ雨敵は見えねど傘を開きぬ

参加者の声のもれくる廊下にて「東京歌会」の様子伺う

盂蘭盆の墓に詣でぬ線香は風にもまれて燃えあがりたり

大股に歩く男の後ろより子供が一人飛びはねて行く

夏の日にきらめく川の橋の上日傘かざして渡りて行かん

行楽

紅葉に染まりてきたる稜線に送電線の鉄塔並ぶ

木々の間の漆ひときわ色さえて山から麓へ紅葉なだるる

白き道水辺に途切るるダムの底に年月を経る沈みし集落

山間の県境に近き町の店秋田と南部の訛さざめく

わらじ、味噌、山菜を売るよろず屋の看板の下に品定めする

交差しつつ川と道とが西に入る地図ながめおり蕎麦を待ちつつ

おはようと向かいの家より声とどく小学生の登校見送る

たんぽぽ

日にちの暮らしを守る道なれば拡幅願う署名を記す

農道を行き交う車の数増しぬたんぽぽの花路肩に咲きぬ

冬の風平手のごとく頬を打つたんぽぽ首をすくめつつ咲く

変わりゆく時にしたがうもの強したんぽぽの花冬を咲きつぐ

次の世の縁はいかに背を伸ばしたんぽぽの綿毛風を待ちおり

札幌の雪降る様子を映像にながめつつ聞く冬の風音

パンジーの黄色水色咲く庭に男の言訳聞かされており

北向きに風向き変わりすきま風熱く燃えてるストーブ煽る

雪道

小やみなく降り積もりいる雪の道車入りくる息あらげつつ

雪の道削れて黒き土のぞくスリップ事故は今日もありたり

雪晴れの日差し明るし姿見に客と向きあうわれの映れり

雪だるま明日も明後日も並ぶ予報ストーブの灯油つぎ足す夕べ

咳

マスクをば急いですれどわが咳の立て続けなり押さえがたしも

吐く息にマスクの内側湿りきぬ咳の予防の不快なるかな

足もとの雪浚いゆく地吹雪を見返れどわが足跡見えぬ

一つ所何度も問わるる視力表答えのすべて否定されおり

雪道を踏みかため行く登校児大小さまざま靴跡重なる

雪走る

仲間とのトラブルありて帆立漁止めたりと聞く雪の被災地

三月の西風つめたしはぐれたるひとひらの雪頬を触れゆく

雪どけの庭めぐり来し猫の手が握りてきたる小さな草の実

冬の日に弛みて雪は屋根走る驚くほどのことならねども

楽しみて作れば雛寿司まろやかな味に仕上る子ら歓ばん

階段を上り下りて反応のなきアパートに広報配る

紅梅二輪

紅梅の二輪開ける明るさを風はこび来てわれにも灯す

枯葉やら芥まといて立ち上る土筆、はこべに生気あふるる

ふうわりと風にふくらむ枝垂れ桜母の笑顔を思い出さしむ

桜花色香うするる雨風に身をさらしつつ時を待ちおり

買い替えし電話の音のおおらかにわれを呼べるに苦笑いする

あの日から

資金の目途立ちしと言いぬ被災地の漁師魚をテーブルにおく

九月には家建つと言う被災者の笑顔はみどり風にほどけり

仮設から老人ホームに移る人の一本松はまた立ちあがる

浴場のふちに腰かけ被災地の漁師の妻との話はつきず

ひとときを家族のごとく笑いあい帰りゆきたりクラクションの音

ほんのりと匂いを放ちて水仙はすっくと立ちぬ今日は晴るるや

草むしり

ほととぎすの二声、三声聞こえきてはたと止めたり草むしる手を

足もとに小さな影を遊ばせて不動産屋おり土地ながめつつ

夏の夜の窓から入りし月光に夫の顔をつくづくと見る

カーテンにゆがみて映る月の影すれちがいたるまま終えたる話

人の死をふいに聞く日のあるなれど同級生の死にはこだわる

頂きし沢山の歌集に読みふけり歌集出したることの豊かさ

後ろめたい思いはさておき買い求むおかず屋さんの揚げ出し豆腐

土

一枚の農地の宅地化始まりぬ百年の稲作終えたる黒土

先祖らの汗も涙もしみ入りし黒土雨にすすがれており

青田より生まれ出でたる一匹のトンボ自在に風に乗りゆく

役一つ降りたる後の気楽さに刺もつバラを引き寄せており

鬼の面かつと眼を開きおり祭りのポスターホールに貼り出す

ロッカーの鍵

消え失せしロッカーの鍵の手に残る型と重さを握りしめてる

消え失せし鍵の記憶をもどすべくトマト売る店にまたも立ち寄る

夕暮れのガードの下に輪を作り酒飲む男ら屈託もなし

立ち上る術をさぐりて藤蔓は地をはいまわり雨にぬれてる

誇らかに花を咲かしめ椴松に登りつめたるのうぜんかずら

洗い物軒下に干す雨あがり青田の上を蝶は舞いゆく

台所の蛇口開けば勢いを増しくる水音を朝の音とす

アスファルトの香り

アスファルトの香り残れる舗装の道ぬめぬめ照らし月登りくる

一匹の蝗に生れて人の世の夜をのぞけりガラスに張りつき

ノブまわす音のみ聞こゆ夏の夜の夫の歩みは忍者のごとし

日陰より草取り始む木の根元まるく囲みて露草の咲く

ほそぼそと枯れ色おびて伸びている杉菜にとどく夏の入りつ日

ふたたび被災地

一本の松でありたり林立するクレーンの奥よりその姿見す

過去とうは記憶のみなり新しき仏壇をそなえ新しき位牌

身も心もパチンコの音に埋没せし日々より覚むと漁師は語る

海の上歩む幻の人の事そののちいずべに去りて行きしか

かつて父勤めし駅も被災しぬ広場の砂利のみな角立てり

財力のある者ない者均されて政府の給付は差別生みゆく

第二部　黒沢尻

（二〇一四年一月〜一五年一二月）

笛の音

ひと時を子供らの舞う鬼剣舞のビデオに見入りぬ外は雨降る

遠くから聞こゆるごとし笛の音先祖を迎えん盆の藪入り

ざわざわと崩れ込みたる剣舞《けんばい》の群舞静まる篝火の下

蝦夷《えみし》らの積みたる徳の尽きざりし秋の里山栗、茸、あけび

草を取るわが耳もとに羽音さす秋の藪蚊を打ちそこねたり

今朝ふれし空気の感触それぞれに夫は半袖われは長袖

両腕に汗のふき出す今さらに夏の名残りのとどまらずして

秋日和

訪れる人まれなりし極楽寺雑草が足に絡みつくなり

住職の不在となりし寺の庭めぐりてほそぼそ水の流るる

寺庭の地蔵菩薩は肩に手に子らを遊ばす秋日和なり

雑草に蔓をあずけて朝顔の老いということ知らぬげに咲く

貼紙の休業中とう店の前トランペットはうつむきて咲く

痛む背に目覚めて寝返りくり返す夜汽車の音をつかの間聞きぬ

余　韻

雷鳴の頭上をすぎゆく聖塚「河《こう》野《の》道《みち》信《のぶ》」の墓に手合わす

流されてみちのくの地に逝く道信の墓のめぐり鶯の鳴く

寺坂の山道こえて旧道の交わるところ集落見えきぬ

鐘の音は小さな谷間に響きあいほつほつ咲きそむ海棠の花

古民家の囲炉裏かこみて聞く落語人と共に犬の笑うもさびし

南向きの古民家の縁に腰下ろし夫と分けあう胡麻入りおこわ

落葉

陸奥の国の南を守りし廃寺跡須弥壇の礎石落葉に埋もる

かさかさと落葉たたいて降る霙礎石しつとり肌をぬらしぬ

二度三度息とゝのえて登る坂反りて屈みて足元あやうし

瑠璃光院門の外より手を合わすいろはいろはのもみじの参道

古びたる寺の階段一段を登りて次の一段のぼる

干柿にせんと落とせし柿の実のくれないにおう照りよろしけれ

黒沢尻の地名

住所地の黒沢尻の名アイヌ語の「くらい所」なりクロサパモジリ

前九年の役の武将「黒沢尻五郎正任」の治めし地域

五郎正任の屋敷に夜ごと現わるる悪霊鎮めん念仏剣舞

鬼剣舞土踏みしめて空を切り地にひれ伏して悪霊払う

刑場はいずれにありしか車念仏の角を曲がりて寺への小路

北畠茶《だ》毘《ひ》町《ちょう》、寺小路町村合併により消えたる町の名

形なきもの

蓼の葉の紅葉したるを摘みてきて齋藤史の歌集にはさむ

慌しく子らは帰りぬ雪の降る木々の小枝に雀は遊ぶ

せり、なずな七草粥に刻み入れ形なきもの味わいており

予報士は冬将軍を西に置く明日の朝まで雪は降るらし

はあはあと溜息つきつつストーブの燃ゆる夕べは独りにかえる

パンジーの花の灯せる雪明り花壇にふわふわ雪降りつもる

小声にて愚痴言いながら風の吹く寒修業三日目教書を開く

三日目の修業終りて身につけん事一つあり愚痴を言わない

かの被爆の日

雲間より機体現われＢ29何起きるかを知らない十歳

Ｂ29交互に下降し弾おとす地上よりの応戦ついぞなかりし

爆弾の炸裂する音に地のゆらぎ軍需工場ねらわれたりき

燃えつきし爆弾の殻五尺ほど区長は自転車に乗せて来たりぬ

終戦に電気の被い取り外し仰ぎ見たりしきらめく灯火

産直のお雛様

産直の広場の雪のとけそめて泥はねあぐる暖簾をくぐる

店先にわがお雛様飾られて蕗のとうの香まといておりぬ

わが雛の初ういしけれ向き会えばおのずから笑み込み上げて来ぬ

出口にて友に会いたりゆっくりと髪かき上げるさま変わらざる

老い来たるは心か体か掃除機のガラガラ音たて追いかけて来る

雪どけの水にふくらむ川の辺を歩む白鷺のきびしき眼

朝の道

すみわたる五時の空気は身に重しひばりの声は畦道の上

引越して来たる若きら朝の道二人そろいて芥捨てに行く

押し合いて窮屈そうに開きそむアザレアの花に隠しごとなし

牡丹の莟

花水木一枚二枚と花びらを風に流して命を終えぬ

われは背を祠に向けてたんぽぽの花の盛りを切り捨てており

朝方の牡丹の莟は四つ五つ萼《がく》を外して空を仰ぎぬ

雑草にまじりて生いたる蛍袋月の夜にもすんすんと伸ぶ

木蓮の盛りを過ぎて地の上に木の影のごとき落花散りしく

草取りの手もとに必ず現わるる蚯蚓の動きに慣るることなし

昼の風

昼の風窓より入りぬ顔あげて色無く香の無きものを見んとす

苗の根はまだ落付かぬ三日後を花婿となる甥の田見守る

満天星の根元くぐりて庭に入るわが家の猫の獣道なり

茄子の色

朝寝坊の言い訳を聞く食卓にわが漬茄子は少し辛かる

秋茄子は嫁に食わすなとう言い伝え母との日びの遠くなりたり

眼帯を外せば見え来る看護婦の眼ま近にわが目見ている

十五夜の月の光を招き入れ玄関に立つ人形羽衣

水仕事

街灯にむらがれる虫この夏も逆行のあり衝突のあり

反り返るレンジの上の烏賊一枚人間の悪業果つることなし

水仕事しつつ聞きおり蜩の声は今年ももみじのあたり

白内障と診断されし帰り道猫が頭をすり寄せてきぬ

気を使う

三度目の芥当番も雨降りぬ気を使い合う雨降り女

芥置き場に犬連れて来たる区長との会話は犬の話に変る

常夜灯ともせば部屋に散らばれるビニール類も光をいだく

灯籠のあわい流るる母のかげ顔引きしめてわが前を過ぐ

わが心映れるごとき写真なり苦笑いしつつ鏡をのぞく

小さな虫

シンクの中行きつもどりつ出入り口探して走る小さき虫見ゆ

よく見ればこの黒き虫羽根持たぬシンクの地獄出るすべのなし

小さき虫ステンレスの壁滑り落ちおちてはふたたび登らんとする

シンクより抜け出ださんか虫のため割り箸一本立てかけてやる

救うすべの無ければ虫を殺さんか蛇口回してシャワーあびせる

庶民のくらし

洪水のくり返されしを地層に見す護岸工事の成り行く平成

土のなか削りけずりて現わるる平安人の庶民のくらし

炭化種子、獣骨片も出でしと言う食の原型今と変わらぬ

大方は栗材なりしと言う住居跡掘立柱の穴ドスンと暗し

限界の集落などと今は言う住宅百戸の子孫はいずこに

たちまちに土戻さるる発掘現場土ぼこりあげダンプ出入りす

初冬

早朝のホームは人影まばらなり乗車口五番を確かめて立つ

菊の花ホームに咲かす老駅員片手を上げてピーと笛吹く

父似なる目にて見る世に不思議にも何度もまばたきすることのあり

別れぎわに友と見上ぐる茜空白鳥わたる羽をそめつつ

芝草の葉先に結びし白露の放つ光にひと日の始まる

たちまちに雨から霙に変わりゆき刺あらわにす四季咲きのバラ

声のして霧の中より現わるる女子中学生とすれちがいたる

新年会

区長さんの顔色さえず声ひくく原稿読みて挨拶終る

出席の女二人は部屋すみに帰宅のチャンスをはからいており

日本海に低気圧あり奥羽嶺を覆いて雪雲流れ来る見ゆ

初雪は根雪になりぬ一つ部屋に素足の夫と猫抱くわれと

白雪は肩をかすめて目の前にふわりと落ちぬ明日子の命日

一生は八か月なり写真に見る子の手はわが手を摑まんとする

人の指

ゆっくりと鉄砲百合の開く朝一番に聞く殺害のニュース

苦しみに喘ぐ人らと向き合いぬ明るいまなざし消ゆることなし

腹底にくすぶるものの何なるや煙は風に煽られている

むかむかと喉もと苦しウイスキーのロックの氷すてる暗やみ

氷点下八度の朝白鷺は川面に姿うつして立ちぬ

暖かいお茶が喉をすぎてゆくチョコの小さなかけらと共に

反射しつつ雪消えてゆく田の面に猫がゆっくり用足しをする

艜船《ひらたぶね》ありき

三十五反の帆を巻き上ぐる艜船テープまわせば川岸《かし》衆うたう

船の名を屋号となして子孫のあり佐久丸の子は婿をむかえぬ

お蔵米運ぶ馬車道まわり道梅雨じめりなる栗の花の香

腕ききの船大工の妻元芸者日傘まわして下道を行く

無口なる男の顔がくずれたり徳利一本両手につつむ

復興へむけての笑顔表紙なる広報とどくる各戸めぐりて

中国に競り負けている肉大豆様変わりつつ今もライバル

山鳩の声

立川に合いたる孫は春休み不安のよぎるうすき頬紅

生れてより祈りの日にち三昧の大日如来八百余年

来世ともこの世なりとも思うなり雲間に見ゆる星のまたたき

カレーを食う後姿の孫にきくお茶はアイスかホットがいいのか

終電の車窓にうつるうつろなるわが表情を見つむる眼

ひらひらとわれの眼をひき寄せて白髪一本ひたいに揺るる

山鳩の声がきこゆる向かい家に子が生れしとう慶事のうわさ

花水木

元日に家族が一人増えしという百日目の子を抱かせてもらう

男の子なる赤ちゃんの鼻さくら色眠っていてもにこりと笑う

すっぽりと母に抱かれてわれを見る優しさのあり子の笑む顔は

眠たげに子の泣く声の聞こえくる田にさざ波の立つ夕まぐれ

草抜かんと肩をよじりて気が付きぬ腰の痛みはこの角度より

駅前につづく街路樹は花水木コツコツ靴音耳にとどけり

風に吹かるる

高原の風に吹かるるひと時を母を思いぬわれ八十歳

手術後の鏡にうつる顔の黒子春風吹かば飛んで行かんか

山ぎわの道にゆれいる半夏生車のラジオは雷雨を伝う

川の水激しく岩に砕かるる彼岸の森にほととぎす鳴く

花びらに混りて土に散らばれる小さき蝶の四枚の羽根

写真に見る円空仏の笑い顔その声耳に聞こゆるごとし

三匹の蟬

口数の少なきわれら時として箸とスプーンほどの誤解の生るる

母子家庭の娘はいつも大丈夫、大丈夫と言うを声音に聞き分く

すみれほどの苔と思いしわが孫が口を開きぬカナダに行きたし

覚悟して行かねばならぬ娘《こ》のもとへ水澄ましくるりくるりとワルツ

医師の治療他所とは違う耳に鳴く三匹の蟬逃がしてくれん

この頃は逢うこともなき青大将澄んだ目をして空を見ていた

すぎし事くどくど言わぬ夫と猫憎の顔して猫と人なり

名付け親

大館のわが名付け親爺さまは道にて逢えば咳払いせし

白露のほどの焼酎口におき心は透きてかわりゆく夜

松ぼっくり二つ見つくる文学館歌詠めぬままチャイムを聞きぬ

東京駅「仲間」の前に現われて孫はバイトのドーナツくるる

子の顔の今日は孫より明るくて仕事の話は聞かずに別る

垂れそむる穂の下あたりこおろぎの声を聞きつつ農道帰る

寺の中庭

日にちを積み重ねきて今日のあり敬老会に招かれて来ぬ

玄関に住職も立ち案内する寺の広間に川風の入る

若き日の面影のあり手を取れば「あなただあれ」と聞かれておりぬ

ケータイに打ち込み家族の迎え待つコスモスゆるる寺の中庭

夏の日に苦しみにつつ病葉になりし一枚足もとに落つ

丁場界隈

人も馬も息荒くして行き来する丁場《じょうば》に本陣「かぎや」のありぬ

切腹を遂げたる人の血のあとの残れる宿とう白壁見上ぐ

暖簾分け許されし店米屋の名「かぎや」と呼びいる人も少なし

その宿の面影はなし「お茶や」とぞお茶入れくるる主の若し

夢うつつに雨音聞きぬ番傘の名入りの文字が思い出せない

あと一里まだ一里とぞ一里塚自動車すうっと走り過ぎゆく

実り田の熱気もれくる畦にそい蓼の花咲く桜色して

第三部　椴松

（二〇一六年一月〜一八年五月）

味噌汁

ジャケットの一枚ほしき外気なれ朝顔小さく道端に咲く

蜆貝売る声きこゆる弘前の朝なつかしみ味噌汁つくる

道端の落ち葉を散らし車来ぬ電気修理屋は片手をあげて

足の爪色や形の変わりきて老いというものまざまざ見する

脚立持ちて手伝いに来たる柿取りの呟くような歌声やさし

朝刊を取り込みに出る軒先に大熊座冬の影を放てり

夕暮れに帰り来る猫むかえたる夫のひと声にわが声合わす

暖冬

咳ひとつ出でたるのみに目覚めたり襲いくるもの闇のみならず

食欲のしぼみて来たり皺しわの手指広げて豆腐を切りぬ

風邪をひき味覚なきまま汁作るいつもの手順いつもの手加減

農道を曲がりてきたるヘッドライト午前四時半読経に立ちぬ

父の名でわれを呼びたる人の逝き梅もどきの実三つ四つ残る

眉間のしわ

歩くにも物を書くにも全力をつくしし兄のさわやかな顔

本を手に切株に座す兄の写真仏前は寒し正月三日

カウンターを隔てて座る戸籍係笑顔はやっぱり海ちゃんのパパ

障害もつ兄ありし日を綴りおり一生と言うは短きものなり

年越して肥るきざしのあるならん水の欲しきと身はさわぐなり

待ちわぶるシクラメンの花垂直に開きはじめて話題尽きざる

猫柳芽吹く季節をむかえいんん母と歩きし川のほとりは

ガラスの破片

黒煙はわが家の上を覆いおり早く帰らんとう思いはあれど

軒下や上下壁面走る火に隣の家が包みこまれつ

熱風と放水叩くこなごなに砕け散りゆくガラスの破片

積む雪に紅にじませるピラカンサ大人のように物を言う孫

畦道に若草食みつつ雉歩むわが家のニュース孫に伝うる

指先に色いろの花開かせる手品師の技に騙されつづく

鎚音

紅梅の開花うながすごとくして空気ゆるがす鎚音を聴く

足場など外し終えたる大工との別れもありぬ三月吉日

病いをば噛み切らんとし蕗のとうの苦みを好みし母を淋しむ

雪焼けに黄褐《くち》色さらせるプリムラの葉に囲まるる小さな莟

鍋焼きの鮭の卵をすくい上げ煮えきらぬもの飲み下したり

苦労という言葉を知らぬ子でありし米を洗いてマッチをすりぬ

椴《とど》松

樹齢はや百年になる椴松の滴らす脂は琥珀色なり

枝広げ大樹となりし椴松は隣の庭に影をおとしぬ

椴松の滴る脂を舐めており淋しき時も若葉の香り

木を切るは仕方のなしと祈禱師の伝えてくるる母の思いを

日中は人声失せゆく住宅地定刻に来るや郵便配達

書く

墨も香も洗い流せし筆一本流しのすみに置き忘れいる

墨に馴れ紙に馴れつつ筆はこぶ白き牡丹の眩しきひと日

満足のほど遠くしてそを追いて書き重ねつつ悔しさつのる

風吹けば木々の緑のひるがえりちらちら見ゆるカラスの尾羽

二年前肺癌だよと笑いいし男の身の上聞く葬儀の日

種とばし終えたる繁縷《はこべ》ら空あおぎカナダの孫の便り待ちおり

山法師

薄暗き天井見あぐ百五十年耐えたる家に背筋伸ばして

ありし日の先祖を偲びお参りす軽やかに鳴る賽銭の音

栗の花ホームに咲きてディーゼル車ごとりと停まる「ほっと湯田駅」

白じろと山法師咲く自動車道かつての記憶を追いかけて行く

草の根の下より蟻の湧き出でて迷える者らと戸惑うわれと

夕焼けの空に鴉の羽一枚風をとらえてひとり遊びす

山椒の香り

応援歌染め付けてある手拭いを携えて出る屋敷の草取り

山椒の三寸ほどが香を放ち汗まみれなる身はすすがるる

黙もくと草取る前を忙しげに横切りてゆく茶色の毛虫

咲き切りしままに落ちつる夏椿戻ることなき木を見上ぐるや

カナダへと孫発ちゆけり雨の朝季節外れの苺が熟れて

咲きつぎてのうぜんかずら蔓伸ばす封書の中味は講座の案内

何千年前の木目の刻まるる珪化木この日の青空映す

ヨガの後の身はほぐれきぬふわふわと薄雲流れて夕月がすむ

抜け殻

ジャージーの固まりのごと丸まりて少女眠れる隣の座席

肉塊の解《ほぐ》るるごとく立ち上り少女は髪を手櫛で梳きぬ

ひと時を眠らんとして携えし焼酎漬けの梅を口にす

食事会締めくくりつつ甥の付け足しぬソマリア行きは三《み》月の後とぞ

厨辺の芥にまじり抜け殻になりたる海老がわれを見ている

腰痛の壺は耳にもあると鍼打ちぬ医師の診療二分で終る

芥拾い

俯いて芥拾う目に見えて来ぬ襞スカートの子ありがとうと言う

焦点の合わないわが目の見付けたる煙草の吸い殻に少し手こずる

おはようとそよ風のごとすれ違う人らと住む地に芥拾いする

友に会いまた友と会うデパートの売り場に交わす小さな話題

捥ぎたての玉蜀黍を手土産に娘帰り来盆の藪入り

昨日までの優しさ求めて呼びかくる犬は主の遺体をめぐりて

にわか雨

紅葉せる木々を打つ音聞こえきて武家屋敷の町を過ぎゆくしぐれ

雨降りて慌ててくぐる武家の門わが足音のひたひたひびく

秋深み紫式部の実は熟れて講師の静かな声に聞き入る

マルメロはタンスの中に香りいて外に出だせば知らぬ顔する

刈り終えし田に争える猫と蛇大統領選の思わぬ結末

山陰の広がる田の面にうずくまり白鳥らしばし羽休めおり

子　ら

耳遠くなりしを講師気付きしや声音あぐる万葉講座

北上の川に泳ぎて障害の兄に見せたり父はその背を

わがために唱うれば心澄みて来ぬ「子ら思う歌」昔も今も

常のごと館長おわさぬ文字館自動のドアは静かに閉じる

無愛想もほほ笑ましかり池の端綿毛むくむく蒲並びたつ

戦場に伴われ行く馬たちの涼しげな目を見上げし夏の日

すでにして無縁の塚に納まりし雪中行軍の兵士の写真

ふだん着のままに集える仲間なり足もとに落つ小さな矢羽根

冬の日差

たどたどと弾く琴の曲「春の苑」盲の師匠のどかに唱う

家持の詠みたる歌の「海ゆかば」その潔さは受け入れがたし

陸奥に家持詠みたる歌われら戦死者迎えし歌として知る

何枚も「寿」の字を書き込みしわが手に冬の日差しとどきぬ

三十キロの玄米精白にせんとして夫とわれの全力つくす

娘らの買うて来たりし甘酒の旨味やいかにと飲みわけており

切り株

耕作を断られたるわれの田の切り株の上雪降りつもる

貰いたる一枚の田を持て余し散歩の犬とじゃれ合いており

農協に報告をせぬ米作り闇米なりしや戦後を思う

育つもの闇米なればさびしかり仕方がないと呟くや父

酢味噌にて味付けしたる分葱《わけぎ》より春の香漂う外は雪降る

潮の路時をたがわず戻りきし鰹の末路か刺身ひと切れ

まわり道

回覧板届けに行かん裏庭の垣根まわりて石につまずく

西風の運びて来たる梅の香をまといて隣のチャイムを押しぬ

ガラス戸の向うの主会釈してそのまま奥に消えて行きたり

遠くをば見ているような眼して一日テレビを見ている夫

わが顔の映る手鏡まん中に親指の指紋うず巻いており

降り出でし雨の音聞く真夜中を階段しずかに猫登りきぬ

曇り日の雲と見まがうひとところ白雪かがやく早池峯《はやちね》あたり

何事もなく

ソマリアの任務終えたる甥の声国内基地より無事を告げくる

現地らしき建物何も映らない集合写真の背景グレイ

お土産のまっ赤なベール椰子の実を身をくねらせて運ぶ女の

細菌はわが身の内を住家とし鉄分にんまり横取りされつ

花道をそぞろ歩ける人びとの笑顔見上げて蒲公英の咲く

山襞の雪の残れる森陰に群落なして水芭蕉の咲く

堰の流れ石とたわむれ声あぐる笑うがごとく唱うがごとし

峠を越えて

残雪の仙岩峠越えて来てふたたび桜の吹雪浴びおり

どっしりと洞を抱いて座りおり桜の老木かこむ孫生《ひこ》え

花吹雪に夫はいずこと見回せば枝垂れ桜を見上げておりぬ

苦労話わが事のごと聞き入りて「落ち」に笑いのどっとあふるる

剥きたての香りほのかな海鞘《ほや》一品遠雷ごろごろ頭上に迫り来

経終えて見上ぐる遺影のわが従弟耳かたむけて聞き入るごとし

かぼそい声

わが追うを逃れんとしてひた走りひな鳥泥田に落ちてしまひぬ

生ありて死は隣り合うひな鳥のか細き声を両手に包む

親鳥が遠く近くを飛びまわり激しき声に威嚇して来る

お別れの記念に友より頂きぬ水引の花描ける短冊

タレントの顔つぶされて道端の草むらに潜む空き缶ひろう

年輪

根元より切り離されし椴松の吊られたる身の置きどころなし

年輪を九十七まで数えたる木樵の声は木霊のごとし

さらさらと椴松の葉の降りやまぬ父母兄逝きて八十路に入れり

参道に赤く熟れたる櫟の実一粒ひとつぶかみしめており

怖いものなき齢とはなるわれか敬老会への階段のぼる

窓枠の形のままに日は部屋に入りて鳥の横切りてゆく

リップクリーム丹念に塗り映らない色を鏡に覗き込みおり

秋の実

櫟の実熟れてぽろぽろこぼれおり拾いつつ行く寺の参道

母の味や駄菓子屋の味とも違う櫟の味はみちのくの味

とろとろと無花果の実を煮つめつつ色変わりくる時を待ちおり

ちくはぐに思い崩れて無口なり檜扇あやめの黒き実こぼるる

夢に見し泣く子を誰とも知れずして一日胸にあやしておりぬ

ひょっとことお多福の面居眠りをしつつ聞き居る開票状況

寝ねぎわに星さがしつつ戸締りすもぐらの声の耳を離れず

パンジーの花壇

春風に雪消ゆるころ咲きそむるパンジー植うれば霙降りくる

霙やみ冬の日ざしの広がりぬ痛みしパンジー立ち上りたり

散歩さす犬と足止め花愛ずる人の笑顔に夫はやさしき

三歳児その足もとの花の首一つを取りて投げ捨てている

台風はどこまで往きしか紅葉せる夏はぜの実のゆれやまぬなり

雪降る

学ぶとう清しさのあり万葉の女人の丈なす黒髪の歌

冬枯れの紅葉の枝に雪積もり恋の嘆きは永遠に残りぬ

軒より伸びたるつららのしたたるを春の音とし耳かたむけぬ

鮮烈に光放ちてそのままに山の端に入る冬至の日差し

冬枯れのガラス戸越しに目に入る小枝に点るイルミネーション

英訳の銀河鉄道手にしたる孫とカレーの昼食を取る

吹きだまり

かさこそと木枯らし吹けり手の甲の年というもののあらわに見せて

氷点下十度の朝を白き息吐きつつ夫と交わすひとこと

門口に小山をなして雪置かる除雪車に智恵をさずけたる者

ぼそぼそと踏み込み入りし吹きだまり枯れ草雪女の手のごとくあり

経唱え草鞋ばきなる寒修業の僧一礼す門口に立ち

蝦夷らの神宿らんか束稲《たばしね》の山の谷あい霧よどみあう

風まかせ

凍結せる水道管の解け出だし口角泡を飛ばせるごとし

水道屋日暮るる頃を訪れて一瞬にして噴く水止めぬ

文旦を二つ手渡す仕事屋のほこりのにじむ分厚い手のひら

エスカレーター登りてもなお上のあり眼閉ずればみ仏に会う

白き点の線となりつつ伸びて来ぬ朝の光の眼にとどく

つかまえる後ろの正面誰なるや忍び笑いの華やぎたりし

気負いもて時と争う選手らの白き息吐くテレビに見入る

花柄の電気カーペットに背を伸ばすいとおしき冬に入る身は

あとがき

「鬼剣舞の里」について

私の住んでいる北上市は町村合併によって市になった所ですが、その中心をなした町は黒沢尻《くろさわじり》町です。その昔、黒沢尻五郎正任が治めた地と言われておりますが、前九年の役や後三年の役により滅亡したと伝えられております。沢山の戦死者の魂が悪霊となり、夜ごと住民は苦しめられた。その悪霊を鎮めるために、鬼剣舞が踊られるようになったと古老は語っておりました。鬼剣舞は北上市の代表的な民族芸能であり、激しく、力強く、美しく、見る者を圧倒します。踊り組は二十三組を数え、今や幼稚園児から女子高生も踊る、まさに「鬼剣舞の里」であります。

第一部　被災地について

私たち家族は父の仕事の関係で宮城県気仙沼の近くに二年程過したことがありますので、あの日の地震の揺れには只ならぬものを感じました。あれから七年が過ぎようとしております。人々には笑顔がもどり、日常生活も安定して来ていると思われます。

震災の二、三日後だったと思いますがローマ法王が「雨にも負けず」……とテレビを通じて被災地の人々に向って呼びかけて下さいました。あの時の法王の言葉と姿を忘れる事はありません。そして宮澤賢治の心の叫びを私も自分に呼びかけます。

第二部　黒沢尻について

「鬼剣舞の里」についての後の黒沢尻は北上川の川岸を中心に船運の町として発展して来ました。盛岡方面から「お栗船」で運んで来た米を、黒沢尻の川岸で艜《ひらた》船を積みかえ、石巻に運んだのであると伝えられております。若い頃の祖父も人夫として船に乗り、寒い季節には明け方目を覚ますと、枕元に雪がうっすらと積もっていた時もあったと話しておりました。

第三部　樅松について

母は分家の養女として育てられた者ですが、母の四歳の頃に祖父は母を不憫に思い、樅松を植えてくれたと聞かされております。私たち兄妹も大切に守って来ましたが、樹は十八メートル程に伸び、最近は近所迷惑など聞こえて来るようになりましたので伐採をしてしまいました。

最後に、この第二歌集の原稿を何度も読み返してみましたが勉強不足は言うまでもなく、味わいの無さを思うこと頻りです。歌集を出すよう勧めて下さった篠弘先生には何度も目を通していただき、数々の御指導、御助言をいただき、また歌集「鬼剣舞の里」は先生の案によるものです。今、一冊の歌集になろうとしておりますことを有難く心から感謝申し上げます。

出版を引き受けて下さいました砂子屋書房の田村雅之氏はじめ関係者の皆様には大変お世話になりました。厚く御礼を申し上げます。

平成三十年七月

熊谷郁子

まひる野叢書第三五七篇

歌集　鬼剣舞の里

二〇一八年一〇月一日初版発行

著　者　熊谷郁子
岩手県北上市黒沢尻一—一九—一四（〒〇二四—〇〇二二）

発行者　田村雅之
発行所　砂子屋書房
東京都千代田区内神田三—四—七（〒一〇一—〇〇四七）
電話　〇三—三二五六—四七〇八　振替　〇〇一三〇—二—九七六三一
URL http://www.sunagoya.com
組　版　はあどわあく
印　刷　長野印刷商工株式会社
製　本　渋谷文泉閣